VENTE

DU JEUDI 21 JUIN 1900

HOTEL DROUOT, SALLE 9

à 2 heures

Collection Aug. DUCOIN (de Lyon)

Objets Macabres

Peintures, Dessins, Gravures

BOIS SCULPTÉS, IVOIRES, ARMES

VITRAUX

SCULPTURES, BRONZES, OBJETS DIVERS

du XVIe au XIXe Siècle

AYANT TOUS TRAIT A LA MORT

EXPOSITION LE JOUR DE LA VENTE

DE UNE HEURE A DEUX HEURES

COMMISSAIRE-PRISEUR	EXPERT
Me M. DELESTRE	M. B. LASQUIN
5, rue Saint-Georges	12, rue Laffitte

PARIS — 1900

IMPRIMERIE MAULDE ET RENOU

MAULDE, DOUMENC & Cie

IMPRIMEURS DE LA COMPAGNIE DES COMMISSAIRES-PRISEURS

Rue de Rivoli, 144. — Paris

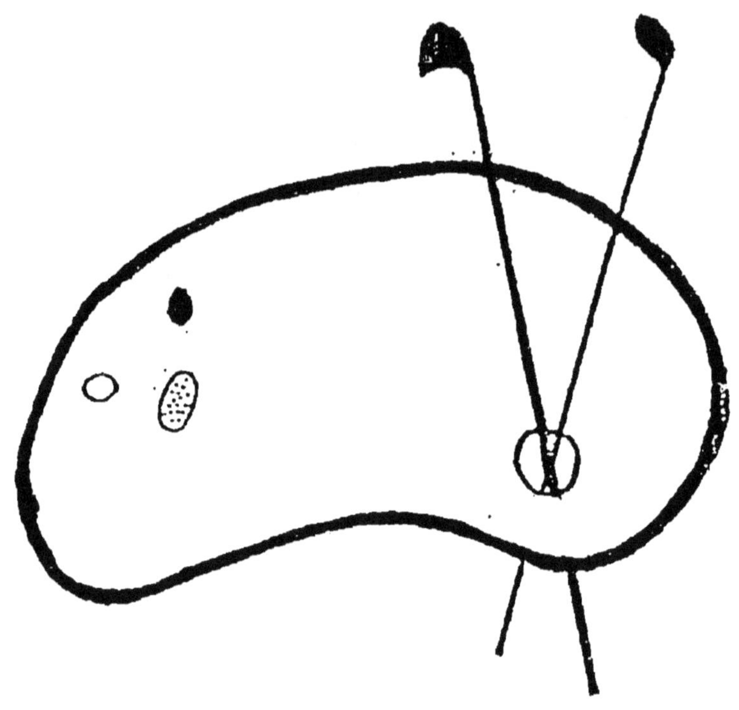

FIN D'UNE SERIE DE DOCUMENTS
EN COULEUR

CATALOGUE

DE

LA TRÈS CURIEUSE COLLECTION

D'

Objets Macabres

Peintures, Dessins, Gravures

BOIS SCULPTÉS, IVOIRES, ARMES, VITRAUX

Sculptures, Bronzes et Objets divers

du XVIe au XIXe Siècle

AYANT TOUS TRAIT A LA MORT

Faisant partie du Cabinet de M. Auguste DUCOIN (de Lyon)

DONT LA VENTE AURA LIEU

HOTEL DROUOT — SALLE N° 9

Le Jeudi 21 Juin 1900

A DEUX HEURES

Me M. DELESTRE	M. B. LASQUIN
COMMISSAIRE-PRISEUR	EXPERT
5, rue Saint-Georges, 5	12, rue Laffitte.

EXPOSITION LE JOUR DE LA VENTE

DE UNE HEURE A DEUX HEURES

———

PARIS — 1900

CONDITIONS DE LA VENTE

—

La Vente sera faite AU COMPTANT.

Les Acquéreurs paieront CINQ POUR CENT en sus des adjudications.

L'Exposition mettant le public à même de se rendre compte de l'état des objets, il ne sera admis aucune réclamation une fois l'adjudication prononcée.

MAULDE, DOUMENC et Cie, imprimeurs de la Cie des Commissaires-Priseurs
rue de Rivoli, 144   500—89652

DÉSIGNATION

—

PEINTURES, DESSINS, GRAVURES

1 — La Mort debout au milieu de tous les attributs de
la puissance humaine et de tous les emblèmes des
joies de la vie : Tiares, sceptres, couronnes. coupes.
hanaps, dés, jeux de cartes, livres ouverts, instru-
ments de musique, sceaux, blasons et étendards.

Peinture sur bois d'une grande finesse de détail et d'exé-
cution, xvi° siècle.

2 — La Mort et le jeune Seigneur, son Page et son
Bouffon, représentés près d'un camp.

Très curieuse peinture sur bois du xvi° siècle.

3 — La Mort et le jeune Seigneur.
La Mort et le Vieillard.

Deux peintures sur panneaux par F. Franck.

4 — La Mort, le Juif et le couple d'Amoureux.

La Mort, l'Entremetteuse et le couple d'Amoureux.

Deux peintures sur cuivre d'après GEIN.

5 — Deux Peintures sur cuivre dans des cadres octo-
gones de style Louis XII. La Mort et la jeune
Dame.

6 — Tambour de basque avec sujet peint : Danse macabre.

7 — La Mort et l'Avare.

Belle gouache du xviie siècle.

8 — Le Ban de Croatie.

Tyran ! dans ton sommeil tu verras tes victimes
T'annoncer, chaque nuit, la peine de tes crimes
Dessin à la sépia par TRIMOLET.

9 — La Mort au Moulin du diable.

Dessin satirique à l'encre de Chine, du xviie siècle.

10 — La Mort, l'Amour, la Courtisane et le Vieillard,
estampe gravée par S.-A. BOLSWERT d'après Winck
Booms.

11 — Marche triomphale et fantastique d'une Sorcière,
estampe gravée par Augustin VÉNITIEN, élève de
Marc-Antoine Raimondi.

12 — Le voyage pour l'Éternité, la plus humouristique
et la plus rare des compositions de J.-J. GRANDVILLE
(9 pièces coloriées).

13 — Danse des Morts, gravée en 1562 par le maître au
monogramme (13 pièces).

14 — Danse des Morts, gravée en 1648 par E. DELLA
BELLA (5 pièces).

15 — Danse des Morts, gravée en 1780 par CHODO-
WIECKI (9 pièces).

16 — Danse des Morts, gravée en 1803, par SCHELLEN-
BERG (25 pièces).

17 — La Mort, le jeune Seigneur et la Dame, estampe
gravée en 1515 par Albert DURER.

18 — La Mort et les deux Joueurs, estampe gravée par
Jean LIEVENS, élève de Rembrandt.

19 — L'Oisellerie de la Mort, estampe gravée par J.-B.
L'ANGELI, surnommé « Torbido del Moro », pièce
capitale du maître. La Mort attire les hommes avec
les mêmes engins dont se servent les hommes pour
prendre les oiseaux.

20 — L'Invocation des Morts, estampe de FOULQUIER,
d'après Lauterbourg.

21 — Eau-forte de J. LIEVENS.

22 — Diverses estampes : Danses macabres.

BOIS SCULPTÉS

23 — Figure de squelette en bois très finement sculpté
du XVI° siècle, de travail italien ; elle tient une lance
de la main gauche et l'autre main appuyée sur un
cartel. Renfermée dans une niche en bois noir.

24 — Autre figurine en squelette en bois très finement
sculpté, de même travail que la précédente ; celle-ci
tient une pelle de la main droite et un arc avec une
flèche de la main gauche.

25 — Deux statuettes d'homme et de femme de l'époque
Louis XIII, en bois sculpté, la face costumée, le
dos offrant les squelettes des mêmes personnages.

26 — La Mort conduite par une jeune femme chevau-
chant sur un vieillard qui marche sur les mains et
sur les genoux. Bas-relief en bois sculpté du
xviie siècle.

27 — Figure de Madeleine, en bois sculpté en haut-
relief, sans fond; elle est drapée, tient une tête de
mort de la main droite, la tête appuyée sur l'autre
bras accoudé sur un écusson xviie siècle. Cadre à
moulures en bois noir.

28 — Figurine de squelette debout tirant de l'arc, bois
finement sculpté, travail italien.

29 — Deux petits bas-reliefs rectangulaires en buis
sculpté : sujets macabres portant le monogramme
d'Albert Dürer. xvie siècle.

30 — Très petit modèle de bière renfermant un squelette avec inscriptions en lettres gothiques.

31 — Tête de mort en buis sculpté. xvie siècle.

32 — Trois petites têtes de morts en buis sculpté du
xvie siècle, l'une encapuchonnée, provenant d'un
chapelet.

33 — Dix têtes de morts en bois sculpté des xvie et xviie
siècles. (Sera divisé.)

34 — Petite tête de Christ avec revers en squelette, buis
sculpté, xvie siècle.

35 — Figurine de mourant, buis sculpté, xvie siècle.

36 — Statuette de cadavre couché, buis sculpté.

37 — Groupe en bois sculpté de l'époque Louis XV :
ornements rocaille surmontés d'une tête de mort.

38 — Porte-montre bois sculpté époque Louis XV, avec
figure de squelette montrant l'heure. Il renferme une
montre.

39 — Petit crucifix en croix, en bois sculpté, monté sur
une tête de mort.

40 — Crucifix en métal argenté sur croix dressée sur une
tête de mort.

41 — Chapelet des Bourras, confrérie des pénitents à
Marseille, chargée du soin d'accompagner les con-
damnés à mort de la prison à l'échafaud. Il est garni
d'une croix avec crucifix et d'une tête de mort.

42 — Deux statuettes de squelettes jouant de la trom-
pette, bois sculpté.

43 — Modèle de guillotine en bois d'ébène.

44 — Modèle de potence en ébène avec pendu en
bronze.

IVOIRES

45 — Haut-relief sans fond en ivoire sculpté ; squelette
accoudé sur un piédestal ayant à ses pieds divers
emblèmes des grandeurs de ce monde.

46 — Figurine de femme nue debout offrant au revers
un squelette tenant une flèche : cette pièce forme
cachet.

47 — Petit pendentif du xvie siècle en ivoire sculpté :
groupe de deux figures enlacées avec squelette au
revers.

48 — Cinq grains de chapelet en ivoire sculpté, xvi⁰ siècle: têtes de Christ et autres avec têtes de morts.

49 — Deux statuettes de l'Enfant-Jésus debout, un pied appuyé sur une tête de mort. Epoque Louis XIII.

50 — Statuette d'enfant debout sur une sphère avec squelette et personnages se perçant le flanc. Epoque Louis XIII. Socle en bois noir et ivoire.

51 — Groupe en ivoire : figure de femme drapée, allégorie de la Religion, tenant l'Enfant-Jésus debout sur un squelette, xvii⁰ siècle.

52 — Statuette d'enfant, jardinier debout tenant une tête de mort, ivoire sculpté.

53 — Statuette en ivoire Judith : tenant la tête d'Holopherne.

54 — Pomme de canne en ivoire sculpté formé d'une tête de mort, de tibias et d'ustensiles de fossoyeur.

55 — Statuette de cadavre couché, en ivoire, sur socle en bois noir.

56 — Oliphant en ivoire sculpté offrant le cavalier de la mort et divers ornements sculptés en bas-relief.

57 — Corne de chasse gravée à figures macabres et autres. Elle est coupée par moitié et forme chausse-pied.

58 — Poignard avec fourreau en ivoire sculpté, style xvi⁰ siècle ; marche de guerriers accompagnés de squelettes.

59 — Squelette finement sculpté en ivoire dans une vitrine en bois style Henri II.

60 — Petit cercueil en bronze renfermant une statuette de femme couchée en ivoire avec pièces anatomiques mobiles.

61 — Sept pièces en ivoire: figures d'enfants, bustes d'homme, pomme de canne, tête de mort, cachet, petit squelette, etc. *(Sera divisé.)*

62 — Quarante têtes de squelettes de dimensions variées et de diverses époques, en ivoire sculpté ; la plupart sont des grains de chapelet. *(Sera divisé.)*

63 — Quatorze pièces, têtes d'hommes, de femmes, de Christ au naturel avec revers, têtes de morts, la plupart grains de chapelets des XVIe et XVIIe siècles. *(Sera divisé.)*

64 — Groupe en ivoire japonais, athlète portant un homme et un singe.

65 — Pitong en ivoire japonais sculpté, à sujets macabres.

66 — Petit groupe en ivoire japonais.

67 — Tête de mort avec squelette et surmonté de trois grenouilles.

68 — Groupe en ivoire japonais, trois squelettes et un singe.

69 — Quatre petits groupes ou netzukés, figures macabres.

70 — Tête de mort avec tibia sur socle en bois noir, avec inscription.

71 — Trois chapelets anciens avec têtes de morts et ornements macabres en ivoire.

72 — Deux pièces : bas relief enfant couché, appuyé sur une tête de mort, et boîte ronde en ivoire sculpté à figures.

73 — Modèle de tombeau en bois noir et ivoire dans un petit monument à frontons coupés.

BRONZES

74 — Figurine d'enfant assis sur une tête de mort en bronze doré du xvi⁰ siècle.

75 — Statuette de squelette portant un sablier, en bronze italien. Socle en acajou.

76 — Statuette analogue à la précédente. Socle en bois noir.

77 — Statuette de squelette duelliste en bronze doré. Socle en bois.

78 — Deux candélabres à 3 lumières, en bronze doré, supportés par des squelettes debout sur un socle triangulaire en bronze argenté.

79 — Monstrance, style gothique, en bronze doré, supportée par 4 figurines squelettes, en costumes Louis XIII.

80 — Horloge dont les poids sont figurés par deux pendus, et le balancier par la Mort aux ailes de chauve-souris, avec cette inscription : *Vulnerant omnes, ultima necat.*

DIVERS

81 — Suite complète de quarante-deux bas-reliefs en terre-cuite peinte, avec les plaintes désolées du Vivant et les réparties fort joyeuses de la Mort. Cette suite exécutée au siècle dernier, par Rodolphe BRENNER, d'après les tableaux peints à l'huile, en 1440, sur l'un des murs du cimetière du couvent des Dominicains, à Bâle.

82 — Tirelire en faïence ancienne, surmontée des attributs de la Mort.

83 — Collection de pipes en terre, à têtes et figures macabres.

84 — Crâne en faïence terre de pipe.

85 — Deux têtes de morts en cristal de roche et une autre en corail.

86 — Trente-cinq petites pièces, bijoux, breloques, bonbonnières, bagues, épingles, baisers-de-paix, etc., en argent, cuivre et diverses matières, tous à sujets macabres. (*Sera divisé.*)

87 — La Mort debout la main posée sur une sphère.
Sujet exécuté en marqueterie de bois du xviii° siècle.

88 — La Mort debout, la main posée un crâne, papier découpé.

89 — Deux Vitraux du xvii° siècle, en grisaille : Combats de Chevaliers contre la Mort, encadrements de rinceaux.

90 — Petit vitrail cintré du xvie siècle : Évêque, Moine et la Mort.

91 — Huit Épées ou Poignards avec Attributs de la Mort, en bronze ou en fonte. *(Sera divisé.)*

92 — Bouclier en fer orné de têtes de morts en cuivre doré.

93 — Coffret de même travail.

94 — Presse-papier en bronze, figure de Prométhée sur le rocher.

95 — Divers Presse-papiers, Cachets, Figurines, Sujets macabres.

96 — Bas-relief en bronze, Danse macabre, avec le modèle exécuté en cire à modeler.

97 — Plateau en laque du Japon, offrant un squelette effrayé par un serpent.

98 — Miniatures en grisaille, Boîte en buis sculpté à sujets macabres.

99 — Boîte en forme de cercueil en verre opaque, décorée de sujets allégoriques.

100 — Modèle de Pendule en terre cuite avec Figure de la Mort.

101 — Sablier ancien.

102 — Sorte de Collier formé de treize petites têtes de mort en albâtre, fixées sur des écussons en marbre aux armes de Henri III. *(Sera divisé.)*

103 — Objets divers.